U0458416

我想在那儿退隐，什么也不做
或不做太多……
对自己说话，并在浓雾天
观看小水滴滑落，承载光的重负

——伊丽莎白·毕肖普

诗不再描写世界，

而是代替世界而存在。

———切斯瓦夫·米沃什

另外的
时间

邵风华诗选

邵风华 著

上海三联书店

黑色的面孔
——致风华

朱庆和

在这个浮华臃肿的年代
你是多么不合时宜
黑，而且瘦
隐忍幽愤
就像煤，像石油
期待永远埋藏于地下
你深知，谁都无法抽身而退
当然更无从逃脱
你毫不犹疑
奔流入海
你用如炬的目光
奇崛的骨头
与这浑噩的世界对抗

在尘嚣之上，我看见
你比农民还要愚蠢
固执地独自建造你的茅屋
并拿起手中犀利的农具
去印证贫瘠的土地
就像雪花印证冬天
头颅印证铡刀

2013.12.18

目　录

I

II

IV

I

森林木屋

冬天，鸟群潜伏到树林深处
我们在树林外寻找它们
当我们欢呼——鸟鸣声
像黑暗中的树枝压在了头顶
林间小路——衰草丛中石头沉默
我多么熟悉这一小片树林
多年前的劳改犯已转为油田职工
他们留下了这片农场，没有
想到有一天会变成木头餐馆
啊，我多么喜爱这种荒芜
瓦砾已清理出果园，海棠果
像童年的女伴被抛在枝头
你伸手折下几枝，由于
长了冻斑而不能成为馈赠之物

如方山

我目睹过如方山的黄昏
当白昼的光像石块扔过竹林
那样的一种宁静，根本
不像是鸟鸣中的秋山
而是星星们喧闹的课堂
对于这样的宁静，我们已不习惯
草地上无人理睬的牛粪
趋近干涸的池塘中
摇晃着菖蒲和芦苇，在白天
我们都已经采折过：一种淳朴的装饰
而现在，如方山再次来到我面前
像地震来到熟悉的人中间
或是睡梦中，一次无关生死的分别
渐渐熟悉，但也足够吓人一跳
其实我更可能想到的
还是房屋后的那一阵风，其中
夹杂着一群烟灰般的山鹊
山居的生活还没有到来就已经消逝

注：2014 年 10 月 18、19 日，与诗人、小说家育邦
同游并宿于安徽和县如方山中。

雷雨之夜

我梦见母亲在张罗
我的婚事，村里有头有脸的人
搓着手进了城，挤在楼梯过道
从前的同事穿进穿出，忙碌不已
可是妈妈，新娘在哪儿？
一个邻村的姑娘，从没见过面
您怎么知道她的人品、性格
是不是足够善良，是不是适合
将咖啡递给一个坐在电脑前
写诗的家伙……大家都在等待开饭
新郎和新娘，变得可有可无
有人喝醉了，趴在桌子上睡着
有人喝吐了，回来继续喝
只有我一个人坐在门后，垂头丧气
结婚的消息还没有传到邻村
没有新娘的婚礼多么奇怪

杞柳林

防腐木栈道上，作为一个长头发女孩
她正在把她的脸
沉入大自然的纯净空气里

看起来，她正在想着，她自己的事情
也可能与风景有关，但显然
她不希望被打扰

当人们在远处笑起来
她又把自己的心，转交给了
那站在电线杆上一动不动的鹳鸟

她让所有人都觉着惊讶

然而她并不在意这些，比如
因诧异或担心
而直视的目光什么的

现在，她和他自顾自谈着

那属于他们自己的东西
与什么有关：你猜

那是她的一部分人生，以及
现在或将来的一两句希望

不完全是出于谦逊——
但的确是，在一个深秋的阳光明亮的下午
所能够发生的一切

你为此而感到平静和愉快

观鸟

白鹭和灰鹭
被关在一起，它们
已经习惯了这样的生活
各自踱步，分食着
瓷盘中少量的鱼
满足于那阻挡在
芦荻外的风声。临近傍晚
游人会陆续离去，一种
看不清的事物正在渐渐消弭
这让它们感到了安全
和与之相似的温暖。铁丝网上
落下人们因拍照而采下的
秋日里的最后一支黄色野花
由于并不代表爱情而可以放心地
等待着第二天早上，被保洁员收走

黄色

你的满眼都是河流。
只能这样，你的满眼都是河水。
它们已经被"流淌"这个词赋予了固定的方向。
你只能这样看待、理解、分析这一切并把手
插进口袋。

在绝对的意义之下，你成为你自己。
你只能做到以自己的身份去搬动你的身体。
你纳入了一种看不见的规则并微笑着服从了它。
正如黄河在草地上流淌并不能掩盖它流过的
高原的真实。

湿地：核心区

面包车拐进土路
又窄，又颠簸
风已经停歇了，但芦荻
仍然刮擦着车身：
一阵好听的唰唰声
你在倏然来临的瞌睡中间
犹豫着，直到
大片的鸟被惊起，从水面
飞升到天空中
并准备飞得更高：你们
全都看见了，当然
有的人还发出了尖叫
不像是装的，你掏出手机
贴在车窗上，"这样"
有人告诉你："可以防抖"
但没用，照片上
全是空白
你再次把目光投向远处
鸟，和飞走的鸟，和大片的鸟群

以及在这片空旷的水域上
被惊扰了的其他东西
芦荻，等待着被收割
面包车，没有停下
我们期待中的巡游
被拐了一个弯，然后返回
就这样，渐渐驶离核心区
而对于我，这还是第一次
我记得：我看见了数不清的鸟
却没能拍下一片鸟群
这也许是隐秘的陪伴
像一种被事先拨弄的命运

想象中的昆明

致于坚

在五月想象昆明
是困难的。北方的阳光
让我睁不开眼睛，而树木
已经绿了它们的大部。
我只有想象昆明的早晨
悬铃木的绿荫下，你坐在
一条长长的木椅上，目注远方
我的朋友，此时，也许你的心
正在澜沧江边的乱石中疾走
选择。后退。低语。用一台
老式相机与浩浩江水交流——
而把随时浮现的诗句
写在晒得发烫的胳膊上。
哦，五月的昆明是什么样子
在早晨，会不会突然落下一阵细雨
而它的傍晚，是不是一直有晚霞
一小片一小片地缀满
从树叶的间隙所能看到的

全部天空。呵，记得多年前
我在一首诗中写你：南部高原的
一只白色树熊……当公园里的蝴蝶被风
吹到邻近的街道上，你起身
这首诗，就到了完成的时候

珍果园

在我能想象的郊外
一片未知的树林
自上个世纪就开始了
我所钟爱的水果家园
每天都被消耗，消耗
它们如此切近
让郊外变成了一个
不恰当的比喻——
现在，当我回忆起来
几乎感觉不到林间有风

多年以后，我还会记得
这样一个愉快的下午
——在一个个愉快的间隙里
我吹着口哨
拍下一座锈迹斑斑的
钢丝吊桥，以及更多的
（我该怎么向你描述）
闪耀着阳光和快乐的东西

夜晚

这是一个无穷的夜晚
又像国家被分裂

更多夜晚的风
在寻找着树林

在你用高跟鞋穿过的草地上
重新竖立起了

一个被高高抛起的
音乐喷泉

当音乐停止
喷泉忽然停在了半空

哦这是一个
多么尴尬的夜晚

春天的树林

你有没有在春天的夜晚
到树林里去
你想念一个离去的人
就要到树林里去

春天的夜晚，我一个人
走进郊外的树林
去冬的落叶让树林变甜了
在脚下响着星星们的密语

我认识的一棵国槐
竟然跑到了香樟的背后
与一株苦楝组成了
一个奇异的三角

我继续在树林里游荡
假装没有发现它们的游戏
我倾听着树叶唰唰唰唰的声音
心底有一种恶作剧般的快乐

早上我拿着从前的照片返回
树林里已经恢复了原样
我一一对照它们的位置：
国槐香樟和苦楝
仍然是整齐的一排

爱让人变成孩子

每天早上，你都要发来短信
每天早上，你都喊我：起床啦起床啦
亲爱的，这时候，其实我常常已经
走在上班的路上了。但我还是喜欢
听你在短信里叮嘱：要吃饭，要吃很多饭！
这样你才能长得胖胖的，你才能
抱得动我——亲爱的，就是不吃饭
我也一样能抱得动你啊。但我还是喜欢
听你在短信里奖励：一枚香香吻
一朵小红花——你选哪一样？
我开着车，当然不能回复你的短信
但我还是使劲地，摁了两声喇叭
哪怕周围，连一辆车也没有——
我想象着你站在我面前，像幼儿园里
漂亮的阿姨——哈，我想说我都要
可又怕你取笑我的贪心⋯⋯

南湖公园

I

夏天再次来到这里
一个重要的时辰

对于这里的青草，树林
以及太阳落山
带来的奇异光明

II

每一个夜晚我想到它
南湖公园的一夜——

那被注定了的一夜

III

紫叶李，让我看到了命运
而我们让夜色加深了

以及将要消逝的
一个用来结束的夜晚
也用来哭泣——

IV

不是第一个夏天
也不会是最后一个

不是第一个我
而你，就是最后一个

V

这让我感到
这世上，的确有一种叫作

命运的东西

而我们，只是命运粗劣的复制品

VI

如果可能
就尽量去爱

如果不可能
也要尽力让做爱成为可能

VII

那被注定了的一生
也注定要把我们消除

而夜晚，无非让快乐
拥有了低照度的自由

VIII

远远看去，城里的灯光
熄灭了：仿佛一场暴动的止息

此时的南湖公园——
一个陷入沉默的集体

屋顶上的一架飞机

当飞机飞过的时候
我正在做梦
你看到那条闪着
梦中的金光的溪流了吗
一架飞机停在上面
你不要看成一只休闲的蜻蜓
当飞机飞过的时候
我从梦中醒来，窗子
也发出了嗡嗡的鸣响
你看到那个供应了
全世界的梦幻的屋顶了吗
在那上面挺立着
一架蜻蜓一样的飞机
你看到它在屋顶上
越长越大
大得像一个供应着水果
的微型商场了吗
是它最终让这个世界
陷进一个腐烂着苹果和香蕉和柠檬和柑橘的梦里

阴郁天气之歌

你无法获得青蛙的快乐
在阴郁的天气里

你无法获得
一角池塘里的天空

你的心中埋藏着电流
哦，那使人战栗的电流

足够把水上的电站
洗劫一空

你无法获得另一片大海
当你一个人

在林间空地上
画着槭树的阴影

你无法获得一个合适的血压

在这样阴郁的天气里

你因为爱情
而拥有了爱情的痛苦

直到时间过去很久
荒凉的岛大都死于

一场周而复始的疫病
你因为阴郁的天气

而避开了不幸福的晚年
和我为你献上的两支玫瑰

咖啡馆之夜

给米卅和韩

音乐按时响起
那声音多么遥远

一个孤独的声音
来自一个外国女人——听不出年龄

但你通过歌声，很快
确认了她沧桑的双唇

那时你早已在梦中见过
一条打铁铺小巷

你也曾唱过这样的歌
边走边唱——没有歌词

（也没有忧伤）接下来
是雨后到来的夜晚

仿佛宣纸上的墨汁
涂抹着电话后的一种慌乱

只是，每一个安静的地方
都有一对喧哗的男女

如果你能够确信
那接下来的夜晚

从现在开始的雨，未始
不是源自一种刻骨铭心的爱

在你偶然赶来的
西城大街上

下午的时光

下午的时光漫长
这当然是个假象

你在城市的另一端
你在山峦上，画着一块石头

但你不知道
那是我心里的一块石头

当你看到它、并想着
把它画下来

那条白色的道路正延伸
到电影外面（如同石头来到我心里）

没有什么需要迫使
无论是爱还是不爱，笑或者哭

无论是山上的石头

还是一颗藏在口袋里的星星

无论是大地上
那些微小的，漫游者的快乐

如今你在一场新生活里
得到了家庭以外的甜美

我祝福你——
得到人间以外的甜美

在南北湖

很久以前，古人似乎来过
当他们老去，都会选一处
远离人间的山水。如今
我们站在这里凭吊
因一句幽微的鸟鸣
而内心茫然。一条小溪
不会因太多的石头而断流
在山下也是这样，你迈步越过它们
然后弯腰捡起一枚
随手就扔进了不远处的夜晚
在过去的黑暗甬道中
人的内心，总在守护着什么
你承认：那是一种习惯
或意志的一种——但在今天看来
还是能够指证出其中的荒凉
这是冬天的某个时辰，朋友们远道而来
被赋予了暗自抒情的能力
并为了美，显露出内心的脆弱
你在山间照看着它——

一座严肃的思想库房。当溪水

没过了山石，就让我们一起下山

就让雾气把它变成一座孤岛

再把我们彻底遗弃——

这也是一种爱，就像石头中的空白

被虚假所证实，又在下一声鸟鸣中，被衔到半空

但无法说出发生了什么

我们只是站在原地，张口结舌

为这突如其来的事物吃惊

山林起伏，山风辽远

这当然是冬天的一天（毫无疑问）

我们只是在下山的时候

用沉默掩饰各自心中的慌恐

却又暗暗用力，倾听着群山中的火焰

在另一处——你想象着

一群温驯的小鹿，在山林间饮水

这样的场景，让你想起了那列

即将北上的高铁，是啊——

所有的选择都只是别无选择

盲目的生活看起来就像是一场赴死

在银山
给刀刀

五月二日，你带我上山
三个人，一条狗
我们谈论着脚边的石头
身旁的树林，要翻过这座山
才能够看到的遥远年代的庙址
你多么熟悉这一切，听起来
就像你已在这里生活了多年
一座金代的庙宇，我们在今天
只能凭想象恢复它昔日的庄严
阳光，已经有了夏天的味道
而山风凉爽，像在树林里造冰
我想把狗抱在怀里取暖
却失掉了它的踪影
我问狗的名字，你说它就叫"狗"
接下来，我们终止了所有的话题
满山，都是叫"狗"的声音
狗！狗！我们一路叫着
回到家中，连晚饭都无心再吃

我一直后悔自己的粗心，而你
却在一旁大大咧咧地安慰：
一条流浪狗，怎么能丢掉回家的路？
而体型略小的另一条——它的伙伴
正蹲在门外，朝越来越黑的山腰
呜呜呜叫。你说它的名字，
同样也叫作"狗"。哦，一条狗
对另一条狗的召唤，仿佛通灵
丢失的狗，竟然悄悄回来了
你飞起一脚，像要把它
重新踢回山里去，它敏捷地跳开，
朝你摇尾乞怜，一条流浪狗，
早已在生存中学会了狡黠
第二天我离开，你带着
两条狗来为我送行
当大巴缓缓驶过村前的弯道
我觉得我就像立在你身前的
那一条，正把自己
迷失在佛塔凋零的山中

赠轩辕轼轲

当一个文化古郡
变成了一座商业新城
写诗的人只好坐在工商所的院子里
望着雾霾中的太阳打盹
这样的场景总是让我感动
我的兄弟不多,轩辕就是一个
这个住在东鲁的李白,每每在酒后
像一只鹅引吭而歌:
朝阳沟,刘巧儿
火热的年代,与冰冷的人心
激情在血管里慢慢上涨
诗意在酒后渐渐发酵
晨起写作,得小诗十五首
或三十首,然后出门上班
常常忘记用早餐
消化掉大街上汹涌的人潮

赠盛兴

你给我发来照片
一大排空了的酒瓶

夏日正午，你独自一人
坐在空空的酒馆

父亲节，朋友们却用它
去陪伴别人的妻子

你独自一人，要
喝光酒馆中的寂静

诗歌，婚姻，家庭
真实的快乐

往往伴随着更真实的痛苦
或者是相反

但在这该死的人生图表中
你的目标是放弃

而不是日积月累
那些世俗的忠诚

饿死是自己的事，而活着
总会牵涉到别人

我的建议是：心情不好
你可以去骂段磊——身边的朋友

你回答：骂不过他
他太不要脸了

我在这边大笑
我亲爱的兄弟，已经醉了

你说你没有
你说你已经问过了

你身上的钱
还够买四瓶啤酒——

"邵哥，晚安。"

森朴咖啡

你向我描述
森朴咖啡的样子
你伸出你的纤纤玉手
对着我比划
这么长
这么宽
这么小

水泥地板
若明
若暗的灯光

我低头看一眼
刚刚为你写下的诗
好吧
我们就去森朴咖啡
把它修改完成

秘密的诗

I

我想写一首秘密的诗
可我没有秘密

我的秘密都在朋友们中间
公开流传

我没有别的秘密
每天早晨不用被同一个梦叫醒

II

下雨的时候
我在窗前写诗

雨停的时候
邮差也不会到来

我想起你
世界仍在沉沉大醉

III

看樱花的下午
是崭新的下午

太阳向西
你向东

你不是向我赶来
你赶来不是为了扑向我的怀抱

我的怀抱里
风在睡觉

IV

我们看樱花
红的和粉的

我们看樱花的时候
你的神情专注

你摘去缠在樱花上的枯藤
它们来到我的血管里

V

你的美丽
不是因为春天

你的美丽
不是因为十九岁

月亮还没有醒来
只有你的脸在樱花林中升起

VI

我们度过的一天
不是偷来的一天

看樱花的下午
你的眼睛坦白了那真实的一切

当我还是个孩子时
他们不让我相信女人

VII

可我相信樱花
这是一个秘密吗

可我相信你
这是一个秘密吗

当我写一首看樱花的诗
这是一个秘密吗

VIII

它们都不是
如果没有你——

如果我写到了你
我就是写到了一个秘密

如果我为你写一首诗
它就是一首秘密之诗

春天消失

给杜撰

杜撰说
春天消失了

他在古河州
那里
应该是黄河的上游吧

所以
当黄河流到
我这里的时候

我还有什么理由
拒绝承认

乌鸫

给育邦

I

在清凉山
育邦指给我看：
乌鸫
一只黑色的鸟
越过树巅

称不上迅捷
它只是把黑
留给我的白眼

II

比相机缓慢
比我伸出的食指
也要缓慢

乌鸦
被一次次提起

黑色的鸟
总是比白色的鸟更酷一些

III

背对江心洲
育邦兄
为我拍照
长江躺在雨中
已被雨水滴穿

——这是我第一次
把长江作为背景

IV

在那一瞬间
我想到乌鸦

与永恒并无关联

哪怕看乌鸫
需要十三种方式

V

乌鸫。
乌鸫。
乌鸫。

育邦说，乌鸫不是乌鸦——

II

手术室

儿子在手术室，十七岁的帅哥
局部麻醉，神志
尚保持清醒

"我能眨眼吗？"
半个小时前，他
在手术室门口询问

脸朝向我，而问话
显然针对那个娇小的
实习护士——

因为太美
而不敢直视？

"为什么不是全麻？"

这暴露了他的
紧张，为自己的眼科手术

而担心。

"哦，儿子，全麻没有必要！"

我在门口足足
等了半个小时之后
才独自说出这句话

但显然已经太晚——
再过半小时
手术就已完成

而等在门外的我，也会像任何一个
称职的爸爸那样
拨开挤在门口的病员家属

把轮椅推到他面前

嗨，儿子，你还好吗？
还好，爸爸——
日安！

手术室 II

那么多人挤在
手术室门口
麻醉科的外面。

年老的，年轻的
男的，女的
大部分很丑——

岁月吃掉了
人皮的光泽。

他们是
各种病人的家属——
眼疾。胸肺。心脑血管。兔唇。

一个年轻男人在讲着
剖官产——
里面大概是他的妻子
或姐妹

生命的降临
照样让人紧张

更多的，是在等待命运
生与死的裁决

哦，死亡的甜味
不会让你轻易品尝

儿子回到爸爸身边

爸爸
我疼

爸爸
爸爸

如果今晚
疼得睡不着觉
该咋办呢

十七岁的儿子
眼睛蒙在
纱布后面

照样透露出满脸的
迷茫和无辜

唔，从这一刻起
我的儿子

回来了——

不再有十七岁的叛逆
不再瞪着眼睛跟我说
不!

不再说
代沟，代沟

我像一个爸爸那样
抓住他的右手

汗津津的

而他
就像一个儿子那样
把脸
抵在我的拳头上

多少年
没这么温顺了

多少年

不再像一个孩子那样
无助。亲昵。安静地

呆在他的爸爸身旁——

当他躺在
济南军区总医院的
这张 9 楼的病床上

我突然感到
我的儿子
回来啦——

像一个迷路的
精灵

像医院里
无处不在的
风险

在医院

病房楼大厅里一片喧哗
大家在等待一个开禁的时刻
10 点 30 分，进入每个早已
熟悉起来的病房
亲戚们不再敌视，离死亡越近
面孔就变得越友善，此刻
大家都还是生前友好
在我身后，是三个姑娘
正值妙龄，嗓门很大
所有的逸闻都让她们兴致勃勃
哦，青春在病房楼里多么珍贵
而夏天的风，也在空调机的轰鸣中
变得驯服，有那么一刻
我想牵着她们的手，到田野里去
或是想象着她们，在病房里
侍奉亲人，接待
每一个陌生的来访者
这是你的工作，在病房中——
我的父亲还没有死去
公开死神的消息还需要一定的勇气

徒步

爸爸活着的时候
从没有带我旅行
每年夏天，我和弟弟
去潮河里游泳
那是很多年以前
我背着弟弟过河
差点一起淹死
每当说起这些
我都会满怀伤感
爸爸活着的时候
从没有带我旅行
每当我想到远方
总是会想到流浪
而不是旅行
或其他愉快的字眼
从前雾气纯净
潮河鱼虾成群
我和弟弟，去河里游泳
或沿着河岸
跑到姥姥家去

爸爸活着的时候
从没有带我旅行
他总是在夜里回来
带回满屋酒气
他总是拒绝
我提出的一个个问题
让我觉得成长
只能偷偷完成
爸爸活着的时候
从没有带我旅行
大学毕业那年
他陪我去单位报到
然后一起走了很远
去一个饭馆就餐
在我记忆里
这是唯一的一次
与爸爸一起徒步
（这能算是旅行吗）
每当想起这些
我总是满怀伤感
现在爸爸去世了
他已经带我
走遍了另一个世界

雨

父亲去世
已过百日
因此今天的雨
无关遥远的祭祷
只是我此刻
正好听见了
邻店的钢琴
就以为遥远的家乡
只是秋雨里的荒坟一座
哦，过一会儿
我还要站在马路上——站在雨中
我以为这样
就可以把整个城市
变成一片荒野

春天来到殡仪馆

爸爸去世后一年
死亡才刚刚开始

不知道他带走了
多少家庭的秘密

再也没人能够打开
去告诉一个活着的人

一年多的时间
我没有梦到过他

妈妈我是否该为此
再痛哭一次

我还记得他的眼神
因为呼吸困难、疼痛

而第一次对死亡

有了恋爱般的热切

医生们也束手无策
他们既不能使生命延长

也不能让它缩短
他们已被死神诅咒过了

美丽的护士
也不能像天使一样降临到你的床上

我清洗爸爸的假牙
感觉到一阵虚无的反光

也许只有虚假的东西
才不会死去

只有爱
才让人停止生长

只是爸爸们的爱
都是秘密的

比头顶上的头发更珍贵
更值得坚持

在春天的寒冷风中
我走进空旷的殡仪馆大厅

想着爸爸在某个高高在上的
盒子里看着我

我的步履
变得像儿子一样坚定

爸爸爸爸——
春天已经来了

必要的丧失

爸爸去世整一年了
我却仿佛刚刚
接受了这个事实
每次回到河宁小区 39 号
都看到妈妈
一个人忙进忙出——

我多么希望看到她
依然健步如飞
我多么希望她
还能像我小时候那样
去训斥一个淘气的孩子
爸爸去世整一年了，妈妈

正用悲伤加速着她的衰老
在这个世界上
我们的亲人
本来就不多，想一想
就感到活着是多么可贵——

你和我，和每个人

都不会迎来
一个一模一样的夜晚
我不知他们是否相爱
也从没看到他们手拉手
穿过楼下
那条并不宽广的马路

总是要慢慢习惯
告别，用自己的眼睛
看到彼此寻觅后的茫然
有一天，爸爸和妈妈
会不会一起，突然出现在
我们精心组织的家庭宴会上——

弟弟和我

把车座放平，把四扇玻璃
落下三扇，再把自己
在车座上放平

我停在母亲楼下，由于
担心她午睡未醒
而有了片刻的休闲

此时，也许弟弟正在赶来
路上他会想到我：
是啊，再不争气也是哥哥

只是，我再也想不起，我们如何
一起度过那贫瘠的童年，比如
我们是否常常吵架，然后

在一块饼干的分享中重归于好
记得有一次，我们在路边
燃放鞭炮，我把点着的秸杆

递给他，不小心
引燃了他手中的一串，于是
在一阵噼啪炸响的

鞭炮声中，弟弟哭喊着
追赶我，他的手
被炸得又黑又红

少不了一顿打
少不了用我的泪眼
看着他的泪眼

只是已经忘记了
两个哭泣的孩子
又怎样握手言和

哦，不可能有握手
我记得
弟弟的手心肿得吓人

一阵笑声传来，车窗外
晃过弟弟的身影，他在对着我笑
一张中年人的脸上

挂着孩子气的笑容——
弟弟和我
要一起去给爸爸上坟

III

许多年前

许多年前
我和我的哥们爱上了
同一个女孩
我们一起喝酒、在马路上游荡
在灯光昏暗的乡村酒店
三个人，练习接吻——

如今，我终于平静下来了
如今我终于懂得
要把一上午的时光
变得像一生那样漫长

金合欢

我们坐在金合欢下的
沙地上亲吻
找不到一条荒僻的小径
平静的雨，把城市和乡村
弄得多么松软
从前，我们没理由忧伤
也没理由被梦见
一张大床上，你分开双腿
生出一屋子星星
而如今我们都拥有了
那让世界变得潮湿的快乐

窗外，一列生锈的火车
被人们在春天里拆下来
用另一列火车运走

祈祷

在黄河入海口
我相信这世上
至少有一位神仙
我请求他赐给我，平静的一刻
当我开始燃烧，再请求他赐给我
燃烧的一刻

更多的时候
是深爱着傍晚的街道：
游人星散了
我是背包里带着诗集的
唯一的人
悄悄滤掉白天的记忆
和树枝上储存着的
白天的雨水

——我是你，而你是另一个

从政府的身边逃亡
但永远不会变成天使

郊外

夏日将尽
我在郊外
收拾岳父家的菜园
今年夏天的雨水
把世界变得多么荒凉
枯萎的藤蔓之下
我一个人
品味着枯萎后的空虚
太阳升起来了
再也没有
那圣徒一般的庄严

其实是
我一直梦想
做一个前程远大的坏人

秋兴

我们在玻璃墙内
相对而坐
静穆——如凋败的野菊

我半生居此，也从未看见
我的兄弟们如落叶归来
他们衣不蔽体，满面感伤
他们身披落日，头发上沾满寒星

他们归来，要与我同诵
一首哀伤的诗

我必居于小城一隅
我必将于此终老
我必是大地上
一个小小的谬误
但无伤大雅

只有艾滋病把爱传遍天涯海角

冬天来了
但
还没有下雪

冬天来了——
一个
还没有下过雪的冬天

我抚摸你
一寸一寸
把你搂进怀里

在陌生的街道上
没有人敢牵手

你的脸红着
呼吸着快乐。秘密的快乐
有多么残忍

全世界联合起来
通缉
爱情犯

像眼里的沙子
不被原谅

像监狱里的爱
不被忘记

只有艾滋病把爱传遍天涯海角

在公共汽车上

男人和女人挤在一起
这是被允许的
公共汽车上　电视广告
一遍遍向男人兜售
肉体的自尊
从东城到西城
我始终坐在
一个靠窗的位置
只是邻座的女孩子
换成了中年妇女
香水　换成了治疗
痛经的中药
哦　青春远去
变成了身体的外伤
这让我想起了
昨晚的电话
在鑫源美食城
忽然响起的南方
普通话　年轻的女声

像一阵春天的小雪

将我覆盖

我只能一次又一次

把那个稀薄的夜晚推迟

直到电话挂断　才偷眼四顾

我以为全世界

都听见了她的声音

就像此刻　公共汽车上突然

上来一个漂亮的女疯子

人们开始窃窃私语

我身后那对一起

过夜的男女

也刚刚开始互通姓名

晨起读杜甫

晨起读杜甫，早饭前的
功课，已经坚持多年
不是因为我是和他一样的
无房户，遭到秋风的
暴力拆迁，我确信他
已经住进我身体里，像一条蛇
盘踞，盘踞，这是春天
在黄河口，我想到多年前
更广大的天地，黑夜里
星星像雨点那样漏下来
屋外的人在喝酒，千百年来
不散的筵席，昏暗中有谁
因吟错一句诗被罚了酒
余者大笑，说的不是杜甫
说的不是李白，他们在我膝上
又薄又软，翻了多年
像石头褪去了青光，而时间
从来就不像一条河那样流淌
它们四散奔涌，像阳光下的

老鼠一样惊慌，像农具上的锈
突然爆开，没了踪影
而我内心总是空洞的
不被满足，习惯听命于那些
会流动的东西，像冬天的兔子
衰年苦病，适合
被猎人围堵，被一条狗
追得无路可逃，那就晨起
读杜甫吧，干燥的春天
制造了多少便秘者，他们那呲牙
咧嘴的痛苦，还不足以让人
怀疑人生，和广场上挥手的雕像
城市的管理者，正在大楼里开会
隔壁房间里，已经准备好从政府宾馆
叫来的外省服务员，等待被临幸后
得到一个宝贵的事业编，而此时
阳光照耀黄河口，只有我
捧读杜甫以为日课，只有我
因为想起杜甫而戒掉了牛肉

纪念

我走在去性交的路上
通往性交的路都不漫长
我怀着初次降生的喜悦
去听从她的指挥
不！她将弹奏我——
一位肉体的演奏家：
动作熟悉，而脸庞陌生
她从不让我感到羞愧

我走在通往性交的路上
想象着初次降生的心情
姑娘们总是熟悉而又陌生
因陌生而心动
因熟悉而分离

SPR

从 SPR 二楼
向外望去：窗前的大海
在黄昏中渐渐暗淡
海水中的泳者
在灯光亮起以前
化作一朵浪花，一掬飞沫

我沉浸在美式咖啡
那经典的苦涩里
我们初次相见
就已谈论起
如何能把税交得更少

我有时呆呆出神
天色越来越暗
海上已亮起
清冷的星光
这使我与对面的谈话者
仿佛隔了一个世纪

此时，如果全城的灯光渐次亮起

我就是整个青岛一小片唯一的黑暗……

注：SPR，青岛海边酒吧。

画廊

黄昏时分，我和我儿子
走过附近的街区
我们因空着肚腹
而走得更加轻快

苦楝树的叶子落了
这样的季节里，没有人
能掩藏住生命的衰黄
我和我儿子，并排走着
喧攘的车流
两个生命间，纵横阔大的空寂

拐角处的墙上，撞蓦然见
一幅巨大的女体，哦
她有着如此夸张的
阴部，仿佛一个世界的入口
吞噬掉多少时光汹涌的河流

闭上双唇，我和我儿子

我们不再争执
那模糊不定的未来了
当夜晚降临
那在路灯下沉默的人心中
已盛满了弱小者那幽暗的快乐

月亮

给吉木狼格

月亮在车窗外悬挂着
像是一段亘古未决的公案
我拍打着柔软的座椅
直到它变硬，直到它
变成我身体上被丢弃的部分
是在月下，我逃离济南
出入于曲径分叉，流光无形
是在月下，我手指窗外
而不被月亮诉说——
月亮，它甚至圆不过一只初生的乳房
是月亮
让我得以抚慰大地上所有乳白色的乳房

恍然录

1985 年
小梅的大哥
离家出走
他一个人坐车
去了驻马店，听名字
他以为那里的旅店
一定很便宜

过了十几天
小梅的大哥
给家里写了一封信
他说："驻马店
其实是一个
没有马车的地方"
流露出一种
掩饰不住的失望
他甚至
没有看到一匹马

过了三个月
小梅的大哥
回来了
正在外面玩的小梅
边哭，边往家跑
那一年，她七岁
她的大哥，刚刚十五

你们知道
小梅
就是我现在的老婆

空信封

夏天来了
大海上不会
再有船的影子
我坐在大海边
看着它，我
不是颠簸的旧船
我不懂得大海
在中午
它竟这样沉默
我不禁想到
有一天，它直立起来
会不会有一扇门
让我随意出入
可这是夏天
遥远的大海上
鲸鱼一遍遍刷着
雪白的墙壁
如果此时
雨突然变大

会不会有人在夜里
系上凉鞋，逃离京城
有人看见
十二年前
他正值青春年少

在苏州

致小海

有过一个愉快的
夜晚：在蓝波酒吧
只有两个人的细语

是在谈论一首诗吧
是在谈论，所有的诗吧

我的朋友，今晚
在酒吧的窗外
看不到你们的身影
在空气中却有着
你们的体温——

女经理沉默着
往茶杯里加水、再一次加水
使苏州的夜晚
变得更加短暂

我们走过的客栈
都已经挂出
客满的牌子

你和我，漫步街头

两个三百年前的人物
不再适合人间的繁华

在咖啡馆谈到上帝

在上岛
我们谈到了
上帝。上帝
他说，请原谅
我们的错误吧

原谅他的
是他的上帝
而不是我的

我的妻子
她原谅了我
一次偶然的出轨
但这并不证明
在以后漫长的
岁月里
她不会拿这件事
一遍遍嘲弄

在她高兴时
是一种表情
在她不高兴时
是另一种表情

那么多鸽子

那么多的鸽子
它们在世上
踱着步

那么多的鸽子
它们在它们的世上
和我们
在我们的世上
不期而遇

那么多鸽子嘀嘀咕咕
从未与我们争抢
世界上的山峦
河流

早晨
它们总是比我们
更早起身
它们在它们的世上，散步

我们在我们的世上，慢跑

……当雨水
落在我们的身上
它们也落在
鸽子们的身上
而当阳光从乌云后面
闪现
它可能最先照耀
那些灰色的鸽子

此时，一群白色的鸽子
正从我们的脚下
起身离去

师范路

我要写的
其实是
师范路的夜晚
当晚霞散尽
师范路
像一艘巨轮停靠
下来，大大小小的商贩
一下子拱出路面
仿佛雨后
树林里的草菇
看吧
整条街道上都闪耀着
社会主义
初级阶段的缺陷：
劣质黑丝
蛋圆镜
带着
锈斑的指甲钳
胸罩挂在铁丝上

如同剖开的气球
我在其中低头
穿过
像战士们
小心翼翼地
穿过雷区

漫与：1.27

用了这么多年
我把我的爱稀释掉了

这个平庸的时代
不值得有轰轰烈烈的东西

冬日辽阔
宇宙安静

宇宙它不是由于寒冷
人的生命，集体缩短了

我用多余的时间
塞满剩下的旅途

直到下一个一生
要不，再下一个

直到我们在那个空洞的广场上

撞个满怀

对不起
对不起

夜行

与朵渔同题

盲眼的人看到了
这时代黑暗的内心
而我们都是被光明
弄脏的人——

我们没有一根盲杖
用来敲打灵魂上的灰烬
哦，空气结成了冰，呼吸
已经强行中止

我交出自己的嗓子
它只有咳嗽的权利
我交出自己的心
它早已把我的血
漏进脚下的土中

等我吃光了脚下的土
再来吃天上的星星……

另外的时间

我正在给你写一封信，我打算
和你谈论一个无法实现的幻想
你的地址永远空着，碰巧
这世界不过是一帧用过的信封

同桌的女儿已到了恋爱的年纪
书包里，放着卷了边的《挪威森林》
你还注意到：她悄悄鼓起的乳房
哦，那是一个秘密的恋爱基地
你不能为一次违规的冲动找到借口

好在你已在疾病中学会了节制
写给妈妈的情书，不能够交到女儿手里
正午的蝉鸣，让快乐变得多么嘹亮
我坐在电脑前想到，哪怕
在另外的时间，我还是看不到你

让我的手触到你喉咙里的煤灰
让我把自己，从一个吓人的梦中领走

不再尖叫，不再站在卫生间里发抖
不再让一面镜子，承担安慰者的角色

那些规定性的秩序，只不过是重新
分割的旧省，适合一个人偷偷长大
然后去亲吻、去性交，一百个合法的理由
也抵不过一个放荡的夜晚——
身体的叛变开始了，你不能对此感到满意

堕落者

我堕落，并非始自
你所说的"夜晚"
一个自我之夜
延续着人类的轻罪

我最后看见她
假装我爱人，爱我
嘲笑我的懒散
当她向我俯身
另一个开始演出
进攻者的游戏
但我的纯贞不是毁于
一场无声戏
我内心有火，有肉体
品尝过巨大的
快乐，并准备为此
而耗尽余生——

我已厌倦了冬天

我所躲避的
一个病弱者的冬天
正如你熟知的
冬天的快乐

冬冻的忧伤无处告别……

在春天

我喜欢在春天写诗
我不仅仅写下：春天，春天
我在心里想着她们：她，她
很可能是
两个无一相同的人
仿佛是两个相隔遥远的春天。
抽屉里的信件，多年没有寄出
我写下它们，一些没用的诗句
为了把告别的聚会推迟。
家庭更其遥远。
弥漫的情欲，如隆起的山峰
我写诗，不仅仅是因为
春天，不仅仅是为了把山峰削平——

春日

I

我不会因为春天
而早早起床。我必须
回到我阴郁的父亲那里

在我的出生之地
月亮，总是在白天醒来

II

你的腰肢如此纤细
你颤抖，让世界越病越重
在窗帘后面
阳光故意冰冷，沉默

而我只有在床上
才能产生这样严肃的思想

III

我不能说出你的美丽
但我盲目地
怀疑着晴天下的绿茵

太多运动场，太多
峰顶上翻滚的天空
河流，只不过是吹向从前的一阵风

IV

总会有人握住
自己的命运，总会有人
拥有结实、多毛的双腿

就像没人知道，我的命运
没人知道我在路边岩石里
向着你，星夜赶来

V

你有 24 年的春天。

我感到困倦。

誓言，从来就不必说出——

等我厌倦了，再用一生去追求

VI

我在我爱人身上

挖掘到平静

我在她小臂上

丈量一生的长短

我爱你

我的一生从未逃离

VII

为何不把我们收回？

一年一年，春天到来

为她的放荡找到了多少借口……

漫与：十月三章

10.23

我当然要放下它们
在一个触手可及的地方
我放下画夹，一个模仿之物
我放下塑料瓶，牛奶已被我喝光
牛群相隔遥远
我放下太阳
阳光洒下来，披头散发——
我的味道是太阳的，不再潮湿、阴冷
不再像隔夜的女人，不小心
就会失去生殖的能力
在早晨
我目注那些大街上过往的
她们一脸倦容、水波不兴
仿佛刚刚度过了此生
最动荡的一晚

10.24

我不知道
在夜晚还会有这么白的
白云。客人在酒店外
感到一阵晕眩
空白也只是一个瞬间
我承认我总是心怀忧伤
我知道我所经历过一切
还会被他们
再一次经历
秋夜短暂
所有想珍惜的都已经来不及

10.25

是在昨天
一些人出来了
另一些人
四散而去
是在昨天
一些人把翅膀

藏在身后

显得多么无辜

是昨天而不是

这样的夜晚

我坐在窗前

听见警报

再一次响起

他们模拟一次虚无的轰炸

我们就准备无数次真实的死亡

漫与：2009

我愿意活下来
我愿意活着
亲历季节更替：

一个活着的朝代
我盼望它——
在孙子们的手里
重现光芒

我愿意活下来
我愿意变成
一个带雾的春天

（不需要理由）

我还愿意
去爱
像一枚
滚烫的炮弹被你夹紧

去黄河

与曹五木、张灿枫、锦同游黄河口

八月即将过去，黄河口的秋天
很快就要到来。曹五说秋天
是一个写诗的季节，边说边抬头
看着车窗外不停闪过的绿野

没有人表示反对。从前我们年轻
觉得孤独是多么牛逼
一个人的夜晚，又是多么伟大
足够展示天才那青春期的苦闷

到处是待修的公路，没有标志牌
我们不断绕行，小心翼翼地揣测
曹五的大嗓门派上了用场
从没来过黄河口的人，用他的大肚子

画了一张清晰的草图，并以之
作为取笑我的资本。好吧
我把车拐上人迹罕至的一条

渤海边的防波堤，由劳改犯们筑成

一路上我们看到那些孤单的鸟
红草丛中，土坝之上，面对一汪积水
一动不动，好像在思考永恒
但此刻，显然不是讨论哲学的时候

我们期待的湿地已经出现
那无边无际的野生柳林
应该归功于清风还是飞鸟
荻花未开，吟诵唐诗似乎还有点唐突

浩荡的芦苇弹拨着盐碱地的空寂
我们挤在水边，试图采集菖蒲的果实
黑天鹅剪掉了翅羽，多么丑
从此失去了蓝天下飞翔的爱情

无数次来过的黄河，在入海之前
突然变得这般犹疑，啊，其实它的奔涌
完全合法。我们渴望的河面上的鸟群
全都被它的浩渺吓走，一只也没剩

那就拍下空荡荡的黄河，两岸的绿草

零星的野花，它那水下的世界
由于表面上的宁静，而有了恐怖的本质
一只游艇归来，没必要打探海上的消息

其实对于黄河，我们都是异乡人
它那穿州过省的疲惫，我们该如何理解
一段不为人知的曲折，在夜晚也不能停息
而那繁殖般的快感，即便在群山乱石中

也不能得到彻底的满足。如此说来
对于黄河，大海就是虚无的；对于海上的鸟
我们就是虚无的；对于远道而来的女诗人
是不是只有躺在一起，才能对抗这虚无？

十年：再游黄河口

给多多、家新、胡敏、桂林，兼呈雪松和长征

I

如果十年是一段距离
如果我们在十年间
偷空去了一趟火星
它就不算是一段距离
那我们能算什么？
一群呆立的鹳鸟
一丛思想着的芦苇
还是一堆东倒西歪
晃荡在草地上的酒瓶——

II

我们在黄河边走着
我们在黄河边看着
我们在黄河边听着

如果一直走
会不会走入大海？
——只能掉进黄河

III

再次吹过浮桥的风
同样隔了十年的距离
当它吹过，十年前的乌云
再次从水底翻涌到半空
仍然冒着十年前的腥气

IV

假如十年仅仅
是一段不长不短的时间
刚好够谈一次辛苦的恋爱
让我们一起伴随：两岁的儿子
已经长成足球少年
而诗歌在我们的谈话里
也变得更加清晰、坚定——成为

再次成长的理由

V

上次是多多，家新，胡敏
这次是逃遁的雪松和长征
多多：漂荡在北京的荷兰牌孤独
让我与黄河口的寂寥
变成了一幅荒凉的剪影

漫与：10.3

从两个方向
你回家

一些低矮的
树木
一些
尚未过眼的
烟云

一个从东
向西
一个从西
去往更西

并不急着
回家
并不急着
思念另一个人

哦
没有另一个人了
只是
你变得年轻了

甚至
不再认识自己

此刻
我正与自己
背道而驰

哀新年
给马雁

这世界没什么好留恋的
如果我们已经活过。我们缺少的
唯一的，死。那没被体验的
冰冷的夜晚。想想那么多人
挤在一起，暗淡，陌生
他们的体味多么叫人绝望
在另一片天地里，死亡
不再被称作大片。一个来了
不必露出牙齿微笑；另一个走了
也无须挥手表示告别。哦，你好
身体里的忧郁症。你好
被情欲折磨到天亮的夜晚
不是爱情不可遏止
也不是从你到我，那漫长而心碎的旅程

远方的大雨
2016.7 南方雨灾

我的朋友们
你们在远方，在大雨里
为一首诗找到了合适的韵脚

现在我给你写信——有没有
一家承接了水下业务的快递公司

忧伤的人

在春天，想起一个忧伤的人
春日将尽，他的忧伤如酒杯一再斟满
君自四川来，应知他乡的春天与此处无异
当春风吹起，天下就变得一般无二
只有忧伤的人与大家不同
哪怕睡着了，还有他的忧伤在看顾着他

他是不是一个玩忧伤的大师？

IV

窗外

I

我的窗外
是一条细小的河流

当它流过
带来钓鱼人
草帽遮盖的下午

II

我的窗外
一片新楼
正在拔地而起

空洞的窗子
在傍晚的时候
更像是妖精的家

III

中午的时候我梦见了
一片闪着鳞光的海洋

不知道这预示着什么
神秘，就是说它一次次
出现在神秘的梦中

IV

我在十楼
有时也在九楼
但我很少到八楼去
我去八楼的次数
还没有去七楼多

你知道我说了什么？

V

我的窗外

看不到一棵树

我寻觅它时
它们只是一片树
分不清这一棵，和另一棵
分不清树的品种

VI

许多年来
我习惯于
从窗子向外眺望

地平线不远
但年年在升高

VII

我的目光从未超出
一片城市后面的田野

冬天，或者秋天
它们在落叶的下面
做着一个遥远季节的梦

VIII

更远处
一片长着莲藕的池塘

我没有去过
我记得有人
曾向我说起过它过去的清澈

IX

如果我能想象你的灵魂
如果我能看到你像雾一样离开
或者归来

在群山
长久的枯寂之后

X

必要的放弃
必要的悲伤

你一遍遍说着这些
你生怕我不知道
夏天的雨在十字路口的犹豫和徘徊

XI

我的窗外
此时，不会看到星星们的喧闹
我忽然感到害怕

因为刚刚看完的恐怖片
还没有最后结案——凶手
也许就在这座城市的黑暗中逍遥

XII

在咖啡馆

你才能够体会到
尘世的喧嚣

安静是虚假的
耳语的夫妻是虚假的
远离黑暗中的石头，山峦是虚假的

XIII

孩子们在街边
排起了队伍

一整天
你听着教育的盲音

XIV

我有时思考生命的源泉
它一定是一片美丽的草地

在平坦的人生中途

你会不会遭遇到一双翅膀
为你带来雷雨或其他的暴行

XV

有时候
会有一道银色的闪电
撩起我的窗帘

从室内到室外
红色花朵与银色的山丘
绿草地上黑色的蜂巢乐园

XVI

鹳鸟在高高的电线杆上
寻找到一片三角形的区域
夕阳把它点燃了

我驱车在这一片捡净了石头
的草场上

寻找一个可能的喷泉

XVII

我常常以为
窗外
就是整个世界
向我敞开的部分

遥远的大海
遥远的海边的细沙，以及你的心
向我封闭的部分

XVIII

不是一条醒来的
草原小路
不是草原上
每一朵细小的黄花

不是徒骇河岸边的家园

不是河里废弃的旧船，甚至
也不是刻在树上的一句悲伤的诗

XIX

火车在夜里穿越
平原上最后一个村庄
我想大笑，也想大哭

我多么热爱那砖石结构的爱情
我爱上的爱情
它早已失传——
跟随一辆开进大海的绿皮火车

XX·

你看窗外啊
空气变得多么透明
这是在雨后，这是在稀薄的欲望

被月亮描绘给云朵的时候

我在家的外面等着一棵树
开花、结果，然后枯萎

XXI

我想融入你们，快乐的人群！
我想融入你们，集市上的舞者！
我想融入你们，挂着糖霜的水果制品！

成群的快乐
集体的甜蜜
但不要拥有拥挤的一生

XXII

我的窗外，被雾霾笼罩的楼群、村庄
它们在远处
它们常常在看得见的远处

我的母亲，从前是一年年变老
现在是一月月、一天天

一个小时又一个小时

XXIII

我已经很久没有你的消息了
我独自走在这个世界上
最小的火车站，它只有一列火车
通往济南——

但那并不是你居住的地方
那里，也不是我们重逢的地点

XXIV

在上一封信里
你谈到了你目前的生活，平静、安详
你谈到了你身边的朋友和山峰——
它们在一个个下雨的午后
出现在你山水迢遥的诗中

但我只想看到你

但我只想看到你的心境、你的打算
我只想着一次无望的相逢

XXV

为什么是悲哀？
为什么是快乐？
为什么是平静？
为什么又是安详？

为什么是世界上的一棵树
而不是两棵、三棵、无数棵树？

XXVI

现在我想到
要到世界上去
要到他们的世界上去

去看看那些忙着赚钱的，忙着算计的
忙着奸诈的，忙着后悔的

这是一个炎热的上午，只有死后的人一片清凉

XXVII

请相信一架飞机
不会超出我们的视野
请相信一架飞翔的飞机
它的消失
一定着我们不知道的缘由

啊，当它消失，你要相信它——
为了找到另一架飞机

XXVIII

我的窗外
经常有大风呼啸

当它呼啸——一阵敌意般的骚动
你不要责怪那在风中摇动的树木
不要责怪一顶在风中翻滚的草帽

XXIX

这是一个星期天的夜晚
可以看到星星们擦出的火花

在阴郁云层的上面
它们隐藏了自己那荒凉的影像
哦，它们还故意夸大了
我一个人在这片大地上的孤独

XXX

今夜，我试图打开窗子
但我不知道这座大楼
早已把我出卖——

当我打开窗子，一阵风
猛地将我拽到窗外
那早已准备好的黑暗之中……

后记

我曾是一个喜欢辩论的人，或许现在仍然如此，但这并非我的本意。博尔赫斯说，我比自己的影子更寂静——他也说出了我内心的渴求。在我的认知里，一首诗也应该是寂静的，因为它从属于人的心灵。它的来临如此莫测，只有寂静的人才能感知到它的气息。

想要归纳一首诗的内容是注定要失败的，就像你无法述说音乐的旋律。一首诗写完，从此再与我无关。它是否有了自己的生命？我不得而知。我从初中二年级开始写诗，迄今已三十余年，如果它们能比我的生命更长久一些，那应该归于上天的眷顾。因为诗歌和爱只能由天使带来。

我的作品很少；我觉得一个严肃的诗人不应该率尔下笔。我相信少即是多。我还相信好的艺术一定是素朴的，而不是夸饰的。因而，当我把这些诗集中在一起时，内心总是惴惴不安；我一再检视并修订它们，深恐当它们印行之后，我再看到的时候会感到脸红。我喜爱的诗人安东尼奥·马查多在诗中说："昨天的诗人，今天变成了 / 过时的哲学家，可怜而又伤心。"那也正是我所担心的。

感谢我的朋友胡少卿和周青丰先生，是他们促成了这部诗集的出版。

邵风华

二〇一九年八月七日，黄河口

图书在版编目（CIP）数据

另外的时间：邵风华诗选／邵风华著. —上海：

上海三联书店，2020.6

ISBN 978-7-5426-6929-2

I.①另… II.①邵… III.①诗集－中国－当代 IV.①I227

中国版本图书馆CIP数据核字(2019)第286485号

另外的时间：邵风华诗选

著　　者／邵风华

责任编辑／朱静蔚

装帧设计／微言视觉│乔　东

监　　制／姚　军

责任校对／周青丰

出版发行／上海三联书店

　　　　　(200030) 中国上海市徐汇区漕溪北路331号

　　　　　中金国际广场A座6楼

邮购电话／021-22895540

印　　刷／山东临沂新华印刷物流集团有限责任公司

版　　次／2020年6月第1版

印　　次／2020年6月第1次印刷

开　　本／787×1092　1/32

字　　数／26 千字

印　　张／5

书　　号／ISBN 978-7-5426-6929-2／I·1585

定　　价／48.00元

敬启读者，如发现本书有印装质量问题，请与印刷厂联系0539-2925680。